Gerardus Vrolik

Essai sur les effets produits dans le corps humain par la luxation congénitale et accidentelle, non réduite du fémur

Antigonos

Gerardus Vrolik

Essai sur les effets produits dans le corps humain par la luxation congénitale et accidentelle, non réduite du fémur

Réimpression inchangée de l'édition originale de 1839.

1ère édition 2024 | ISBN: 978-3-38605-704-2

Antigonos Verlag est une marque de Outlook Verlagsgesellschaft mbH.

Verlag (Éditeur): Outlook Verlag GmbH, Zeilweg 44, 60439 Frankfurt, Deutschland
Vertretungsberechtigt (Représentant autorisé): E. Roepke, Zeilweg 44, 60439 Frankfurt, Deutschland
Druck (Imprimerie): Libri Plureos GmbH, Friedensallee 273, 22763 Hamburg, Deutschland

ESSAI

SUR

LES EFFETS PRODUITS DANS LE CORPS HUMAIN PAR LA LUXATION CONGÉNITALE ET ACCIDENTELLE, NON RÉDUITE DU FÉMUR,

PAR

G. VROLIK,

CHEVALLIER DE L'ORDRE DU LION BELGIQUE, DOCTEUR EN MÉDECINE, PROFESSEUR A L'ATHENÉE ILLUSTRE D'AMSTERDAM, SECRÉTAIRE PERPETUEL DE LA PREMIERE CLASSE DE L'INSTITUT ROYAL DES SCIENCES, MEMBRE DE PLUSIEURS SOCIETES SAVANTES, ETC. ETC.

TRADUIT DU HOLLANDAIS.

AVEC QUATRE PLANCHES.

AMSTERDAM,
CHEZ C. G. SULPKE,
1839.

ESSAI

SUR LES EFFETS PRODUITS DANS LE CORPS HUMAIN PAR LA LUXATION CONGÉNITALE ET ACCIDENTELLE, NON RÉDUITE, DU FÉMUR.

PAR

G. VROLIK.

—————

$\mathbf{P}$armi les affections pathologiques, et les altérations de la forme normale qui se produisent dans beaucoup de parties du corps humain, la claudication, provenant de la luxation de la tête du fémur non réduite, mérite une observation spéciale. Ce vice, soit qu'il rende difficiles la position et la marche droite d'un côté seulement, ou bien des deux côtés à la fois, doit produire des mutations manifestes et d'une conséquence majeure dans la position normale du corps entier et de ses parties individuelles.

Il y a quarante ans et plus que déjà ce sujet fut traité par feu mon honorable confrère, Mr. DYLIUS, aussi complètement que le permettaient les lumières d'alors (1). Plus tard le médecin KRAUSE a traité le même sujet, mais d'une

ma-

(1) DANEILIS DYLII, Med. Doct., *de Claudicatione*, Dissertatio. Lugduni Batavorum apud JACOBUM MEERBURG, 1798, 4°.

A

manière moins complète (1). Ce qui cause encore plus d'étonnement, c'est, que d'après quelques passages de cet ouvrage, il n'est pas invraisemblable qu'il ait connu la thèse inaugurale de Mr. DYLIUS, quoiqu'il n'en fasse aucune mention.

Je ne connais après KRAUSE aucun auteur, qui ait fait sur ce vice des observations spéciales, si non le savant docteur G. HULSHOFF qui, dans son *Specimen pathologico-medicum de mutationibus formae ossium vi externa productis*, a consacré un chapitre spécial à cette matière (2). Il expose dans trois planches les modifications, que le bassin doit subir dans la claudication d'un côté ou des deux côtés à la fois, dans les cas où les têtes luxées des fémurs sont disposées sur la surface extérieure iliaque; et enfin par une gravure de la planche quatriéme il éclaircit quelques-uns des changements de forme, qui sont produits au bassin par la position et l'action abnormale des muscles jumeaux, obturateur interne et carré crural.

Ce médecin est le seul écrivain, que je sache, qui ait voulu expliquer par une représentation des muscles quelques-unes des modifications, qu'on observe dans le bassin après une luxation non réduite des fémurs.

Feu le célèbre Anatomiste Mr. E. SANDIFORT et son fils, digne de lui, ont donné de très belles gravures de bassins et de parties de bassin après des luxations non-réduites de fémur, et ont fixé l'attention sur les mutations, que l'on observe dans ces bassins et ces fémurs (3). CRUVEILHIER a donné, il y a peu de temps, la gravure du fémur d'une vieille femme, boiteuse du côté gauche, ainsi qu'un mémoire sur les parties adhérentes (4). A cette occasion il traite
aus-

(1) *De Claudicatione*, Commentatio medico-chirurgica, auctore Dr. ADOLPHO GOTTLOB FERDINANDO KRAUSIO. Lipsiae, ex officina Durria, 4°.

Quoique cet écrit ne porte pas de date, il paraît suffisamment par la préface, qu'il a été publié après l'année 1807, et ainsi tout au moins neuf ans après la thèse inaugurale du Dr. DYLIUS.

(2) Amstelodami, apud J. MULLER, 1837, 8°. pag. 82 et seqq.

(3) *Museum anatomicum*, volum. Secund., tab. LXIV—LXVIII. Lugduni Batavorum, apud S. et J. LUCHTMANS, 1793, fol., et Volum. quarti, a GERARDO SANDIFORT, anno 1825 editi, tab. XXV, vel totius operis tab. CLII.

Si je voulais remonter à des temps plus éloignés, je pourrais ajouter encore ici d'autres écrivains, qui ont exposé en gravure des cas de luxation non-réduite de la cuisse, mais on les trouve mentionnés dans la thèse déjà citée de DYLIUS.

(4) *Anatomie pathologique du corps humain*, XXVIII Livraison, Pl. 6, Paris 1836, fol. et pag. 1—4 du texte.

aussi de la claudication congénitale, et y ajoute quelques points de comparaison entre celle-ci et la claudication survenue après la naissance. Cette question mérite en effet toute notre attention, et je me réserve d'y revenir dans la suite.

J'ai fait, depuis un grand nombre d'années, des observations sur beaucoup de modifications que produit la claudication dans le système osseux et musculaire, et j'ai lu avec le plus grand intérêt tout ce qui a paru sur ce sujet, et particulièrement les ouvrages français traitant de la claudication congénitale, publiés après le mémoire du célèbre DUPUYTREN (1). J'ai comparé attentivement ces données avec ma propre expérience et avec les résultats que j'avais obtenus.

Je découvris sans peine que plusieurs observations, qu'on avait reproduites ailleurs, ne cadraient en aucune manière avec mes annotations, ou qu'elles étaient mentionnées d'une manière, qui ne rendait nullement superflue une déscription ultérieure, ou une meilleure explication. Je n'ai point le dessein de porter atteinte au mérite d'autres observateurs ou de les réduire à rien. Je veux plutôt donner mes observations comme un essai de la manière, dont on pourrait expliquer méthodiquement les changements les plus remarquables, observés consécutivement dans le corps humain après la luxation fémorale non-réduite.

Il est nécessaire qu'on se fasse, avant tout, une juste idée de la position naturelle des parties molles dans le corps humain, afin qu'on puisse mieux comprendre les altérations, qu'elles doivent subir après la luxation du fémur. Les muscles, qui jouent un rôle dans la claudication, méritent une attention particulière, puisque par ce moyen seul on peut faire une juste comparaison entre le côté malade et le côté sain.

Le squelette d'une vieille femme svelte, qui présentait une luxation ancienne du côté gauche, nous offrit un exemple tout-a-fait propre à notre but. La tête du fémur gauche, après avoir quitté la cavité cotyloïde, s'étant placée sur la partie anterieure de la surface extérieure de l'os iliaque, la position du muscle grand-fessier ne subit pas seulement un déplacement remarquable, mais par sa position plus oblique ses faisceaux se sont fortement raccourcis et sont devenus d'une texture moins serrée.

Il

(1) Voyez, dans le *Répertoire général d'Anatomie et de Physiologie pathologique*, Mémoire sur un déplacement originel ou congénital de la tête des fémurs, par M. le Baron DUPUYTREN, Tom. II. pag. 82 et suiv., 1826, 4°.

Il serait inutile de démontrer combien la cuisse, par le changement des points fixes, a perdu de force pour se mouvoir et s'affermir. Une autre perte, bien plus grande, frappe cette force par l'inanition prèsque complète du muscle fessier moyen, dont les fibres postérieures, qui couvrent l'os iliaque, sont comprimées et rendues inactives par le déplacement de la tête du fémur.

Il est évident que, par ce déplacement de la tête du fémur et par la pression, qui en résulte, sur la majeure partie du muscle petit-fessier, celui-là est rendu de même inactif.

Le degré d'atrophie que les fibres musculaires atteignent, lorsqu'elles cessent d'être exercées est suffisamment connu, mais il paraît encore davantage par la disposition du muscle fessier moyen.

Dans ce cas ce muscle perd prèsque tout-à-fait sa couleur et sa texture primitives; les fibres musculaires ne restent normales qu'au côté antérieur supérieur, et à une partie du côté posterieur; le reste est converti en une masse jaunâtre d'adipocire avec un faible reste de quelques fibres isolées.

Si l'anomalie de la forme et de l'action primitives est déjà considérable dans les parties nommées, les changements, que l'on observe dans les muscles plus profonds dans une luxation non-réduite nous frappent encore davantage. La tête du fémur portée en haut et en avant et s'y étant installée, les muscles jumeaux et la portion du muscle obturateur interne, qui passe entre deux, ont changé leur direction presque transversale en une plus oblique, et se sont beaucoup allongés. Il paraît néanmoins que leur développement et leur force n'en souffrent pas. Le muscle pyriforme offre d'autres altérations; il n'obtient que la moitié de la grandeur naturelle; un tendon le remplace à la moitiè de sa longueur.

Avant de quitter la partie postérieure d'un tel sujet, il faut nous occuper encore de l'extrémité fortement allongée du muscle obturateur externe, se dirigeant à son point d'insertion derrière le grand trochanter, ainsi que du muscle carré crural. Nous démontrerons ensuite, combien le muscle obturateur externe contribue à la déviation de la forme normale du bassin. Il résulte de l'ascension de la cuisse et de la grande distance où elle se trouve du bassin après la luxation, que le muscle carré crural est amené de sa position transversale dans une position plus oblique, et que les fibres les plus hautes sont surtout allongées de beaucoup.

Si l'on trouve de grandes déviations dans la direction des muscles du côté

pos-

postérieur, celles qu'on observe du côté antérieur ne sont pas moins dignes d'attention. Pour les bien juger il faut se figurer avant tout la situation normale de la cuisse et de ses muscles. Sans cela il est prèsque impossible de se bien représenter tout ce qu'on trouve d'abnormal.

La tête du fémur arrachée de sa cavité, soit que la membrane capsulaire ait été dilacérée ou non, et que l'insertion du ligament rond ait été épargnée ou rompue, suit, dans la majorité des cas, l'action des puissants muscles fessiers, et, autant que le permettent ses attaches préservées, se fixe d'ordinaire sur la surface externe de l'os iliaque.

Par ce déplacement la cuisse subit une double mutation; elle est raccourcie par l'élévation, et en même temps poussée en dehors. Elle tâche bien de diminuer cette déviation en tournant sa partie inférieure, autant que possible, en dedans, mais cela n'agit presque pas sur la difformité supérieure.

Voici la base de presque toutes les mutations, que la forme du bassin doit subir, si le vice continue. Le muscle droit antérieur, ayant une insertion double au bassin, dont l'une est attachée à l'épine antérieure et inférieure, et l'autre au bord supérieur de la cavité cotyloïde et à la membrane capsulaire, ne peut pas suivre la déviation de la cuisse. Au lieu de passer sur la tête du fémur, il en est éloigné de plus de deux pouces, et en approchant dans sa marche de plus en plus le fémur, il va s'insérer à la rotule.

Le tenseur du fascia lata, commençant à l'épine iliaque antérieure et supérieure, se termine plus tôt qu'ordinairement avec ses fibres élargies dans la dite aponevrose; la raison en est, que la cuisse est rendue plus courte et tournée en dedans, ce qui a rapport à la mutation de la tête du fémur.

Le muscle vaste interne, commençant au-dessous du petit trochanter et paraissant à la surface interne du muscle droit anterieur, au-dessous de la moitié de sa longueur, a dévié en dehors sous ce muscle, et ne reprend que tout-à-fait en bas sa position normale.

La tête, le col et le grand trochanter sont couverts et entourés par les fibres du muscle moyen fessier.

A la surface interne de l'os iliaque, les fibres du muscle iliaque interne et du grand psoas, qui passent sous le premier tendon du muscle droit antérieur, pour s'insérer au petit trochanter, méritent notre attention. Il appert aisément, combien

A 3

ce

ce tendon doit être élevé par là, et quelle impression doit se former sur la fossette sous l'épine antérieure inférieure de la crête iliaque.

L'espace sous le ligament de POUPART, servant de passage aux vaisseaux et aux nerfs, est beaucoup plus grand que dans les sujets sains, d'où naît une grande prédisposition aux hernies crurales.

L'influence, que la position abnormale de l'os iliaque exerce sur le changement de la forme des parties environnantes, ne s'arrête pas là. Si l'on observe, à la partie antérieure, les muscles appartenants au bassin et à la cuisse, il serait peut-être exact de les nommer portés en haut et élargis tout à la fois.

Le muscle pectiné, qui, chez les sujets sains, couvre dans sa direction en bas et en dehors presque tout-à-fait le muscle petit adducteur, en laisse alors à découvert une grande partie, puisque lui-même est obligé de suivre en dehors le fémur. Ce n'est pas seulement cette direction, qui préscrit sa course ultérieure. Par la rotation en dedans du fémur, dans cette espèce de luxation non réduite, la ligne, servant à l'insertion des muscles adducteurs, s'écarte plus en dehors, qu'on ne croirait le trouver dans la simple élévation du fémur. Par cette double cause, le muscle long adducteur s'est beaucoup éloigné de sa position primitive; n'ayant tout-au-plus que deux troisièmes de sa longueur normale, il prend une position très-oblique et plus en dehors à la ligne âpre au côté postérieur du fémur. On voit aisément, que le grand adducteur est dans le même cas.

On doit bien remarquer le muscle obturateur externe, dans les mutations, que subit le bassin dans la claudication. Pour s'en convaincre il suffit de se rappeller sa direction. Il aura acquis peut-être le double de sa longueur naturelle pour atteindre son point d'insertion dans la fosse trochantérique, et il doit parcourir en même temps une autre route que dans l'état normal. Au lieu de suivre une direction presque transversale, il va obliquement et en dehors.

Quoique la tête du fémur ait quitté la cavité cotyloïde, elle reste néanmoins entourée et enfermée dans une membrane capsulaire, qui, quoiqu'elle n'ait pas la même forme et la même disposition que celle dont elle était auparavant couverte, est néanmoins d'une densité et d'une force suffisantes pour servir de soutien dans la marche et la position droite (1). Comme il peut être considéré, en quelque

sor-

(1) Mr. LUDOVICUS DE WETTE a voulu s'assurer par des expériences sur des lapins, de quelle manière

sorte, comme un prolongement de la capsule primitive, sa relation avec l'ancienne cavité n'est pas tout-à-fait suspendue. On trouve même quelques exemples, où le ligament rond n'a pas quitté la tête du fémur, et où de cette manière son attache dans l'articulation ancienne est restée.

Les changements néanmoins, que la tête du fémur subit dans son nouveau réceptacle, sont dans la majorité des cas trop grands pour que ce ligament puisse être conservé.

L'anatomie et la physiologie nous apprennent, que des vaisseaux nourriciers sont transportés avec le ligament rond à la tête du fémur. Ce sont ces vaisseaux, qui continuent à nourrir la tête, si elle vient à se séparer du col dans la membrane capsulaire, et si cette cohaesion rompue n'est pas rétablie par du callus. Si donc la tête du fémur, ou immédiatement avec l'exarticulation, ou quelque temps après, est privée de ce ligament, elle cesse d'être nourrie; elle devient d'une moindre circonférence et perd sa rondeur primitive; elle s'anéantit même quelquefois tellement qu'il en reste tout-au-plus une trace sur le col du fémur.

Ainsi ce n'est pas seulement, parce qu'elle quitte la cavité cotyloïde, que la tête du femur subit tant de changements. Si l'exarticulation seule en était la cause, on devrait observer les mêmes changements à la tête de l'humérus après le déplacement non réduit de cet os de la cavité glénoïde de l'omoplate, ce qui n'a pas lieu. La tête de l'humérus perd bien un peu de sa rondeur, puisqu'elle doit s'approprier à la nouvelle articulation, qui a lieu sur l'omoplate; mais on ne la trouve jamais sujette à un tel anéantissement, à une telle réduction, que la tête du fémur en subit souvent, à moins que d'autres causes pathologiques se joignent à l'exarticulation (1). Nous ne croyons pas aussi émettre une hypothèse légère, mais au contraire prise de la nature elle même, en soutenant, que les grands changements et souvent l'entier anéantissement, que subit la tête luxée du fémur, proviennent en grande partie de la perte de ses vaisseaux nourriciers.

Dans l'objet mentionné ci-dessus la tête du fémur était tout-à-fait dé-

pour-

a lieu cette formation d'une nouvelle membrane capsulaire ou des parties, qui manquaient, et a communiqué ses résultats dans sa thèse inaugurale, ayant pour titre: *luxationes experimentis illustratae;* Berolini 1835, 4°., pag. 26.

(1) G. SANDIFORT, *Museum anatomicum*, Vol. IV, tab. CLI, fig. 1, 2, 3 et 4. Comparé avec tab. CLII, fig. 1 et 2.

ponrvue de cartilage; elle avait entièrement changé de forme; elle avoit reçu une surface inégale, et se trouvait inserée ou assise sur un col très raccourci. Ce col a, comme il arrive souvent en pareil cas, du côté antérieur et supérieur, une rainure profonde, produite par la tension du bord de la membrane capsulaire, qui entoure la tête déplacée du fémur (1).

Ce raccourcissement du col mérite notre attention spéciale. Ou croîrait peut-être, que la déviation plus considérable que le fémur a subie après la luxation, cause une plus grande pression sur son col, qui, agissant continuellement, aurait produit à la fin ce raccourcissement. Il est évident, que par là sa direction vers la tête et le corps du fémur est changée, mais je ne saurais croire que la diminution de sa longueur en provienne. Je pense plutôt que les vaisseaux nourriciers jouent de même ici un grand rôle.

Il est difficile de se figurer, que la tête du fémur soit déviée de vive force de sa cavité sans déchirement de la membrane capsulaire, soit au bord de la cavité, soit au col du fémur. Beaucoup de vaisseaux passent dans l'os au point, où cette membrane capsulaire entoure le col du fémur. Quand cette membrane est arrachée de l'os, les vaisseaux qui pénétraient dans la substance osseuse se perdent en même temps; en sorte que sa nutrition sur ce point est interrompue et même supprimée, d'où résulte la diminution et l'entier anéantissement de ce prolongement osseux (2).

Il s'est formé au point, ou la tête du fémur était venue en contact avec la surface antérieure de l'os iliaque, une cavité superficielle, qui n'est pas tout-à-fait propre à sa réception, mais assez élargie pour pouvoir compenser en quelque sorte la perte de la cavité cotyloïde (3). Lorsqu'une telle articulation s'est formée, on y trouve ordinairement une abondance de graisse, qui se trouvait aussi dans notre objet.

D'après les idées de DE WETTE, la synovie même ne manquerait pas. Il prétend avoir observé, que la membrane capsulaire nouvellement formée est ta-

pis-

(1) Pl. I, *a.* et *b.* Pl. II, fig. 2, *a.*

(2) Il y a beaucoup d'années que mon célèbre prédécesseur, le professeur BONN a déjà considéré cette question de la même manière. Voyez ses *Quaestiones de Callo*, dans l'ouvrage intitulé : *Descriptio Thesauri Hoviani*, pag. 182. Amstelodami 1783, 4o.

(3) Pl. I, *c.* Pl. II, fig. 1, *c.*

pissée en dedans d'une membrane séreuse polie comme la primitive, et que la nouvelle articulation ne manque guère de synovie (1). Si cela a lieu, le frottement des deux parties sera aussi adouci que possible.

Si ce préservatif manque, quelle que soit l'opinion que l'on adopte, les points, où l'os iliaque et la tête du fémur viennent à se toucher, sont couverts successivement d'une croûte comme de verre ou d'ivoire; la marche devient alors très-difficile et est presque toujours accompagnée de douleur. Nous bornant pour le moment à l'objet mentionné, nous ne pourrons nous étendre sur les particularités diverses, que l'on observe souvent au fémur dans la claudication.

Nous tâcherons seulement de déduire de ce que nous avons proposé, l'explication des changements dans le système osseux, qui nous frappent si fort en observant le bassin d'un boiteux. Nous avons choisi à dessein un sujet où la luxation non réduite du fémur a eu lieu d'un côté seulement. L'on acquiert ainsi dans le même sujet des points de comparaison, qu'il faudrait sans cela chercher ailleurs, et dont quelques-uns ne seraient même pas sûrs. Ainsi, par exemple, nous observons dans la claudication des deux côtés, que non seulement les muscles, mais les os eux-mêmes, qui sont en contact avec ces muscles, sont beaucoup plus minces et plus legers, que dans les sujets bien formés du même âge et de la même grandeur; mais nous ne pouvons acquérir la certitude, que cet amaigrissement et cette ténuité dépendent du mouvement difficile du corps, auquel les boiteux sont sujets, à moins d'observer le même phénomène dans un sujet qui boite d'un côté seulement (2). Sachant que le système osseux participe à cette perte d'épaisseur et de grandeur, nous trouvons une double raison des changements, qu'on observe dans le bassin d'un boiteux et que partagent les extremités (3).

En

(1) L. l., pag. 26.

(2) Hippocrate a déjà vu clairement cette condition et l'a dépeinte en couleurs vives. En parlant de la cuisse luxée, il dit, d'après la traduction latine: „ Qui igitur ad perfectum incrementum nondum „ devenere, iis si prolapsus articulus non reconditur, femur, tibia et pes breviora evadunt. Neque enim „ iis ossa aeque in longum augentur, verum breviora fiunt, ac praecipue femur. Crusque totum carne „ vacuum, minime torosum, effeminatum et tenuius redditur, partim quidem quod sua sede privetur arti- „ culus, partim vero *quod suo munere fungi nequeat*, cum naturalem statum non retineat."

De Articulis, Sect. VI, pag. 819, Edit. Foësii. Genevae 1657. fol.

Quoique des sujets en bas âge soient indiqués ici, la même chose est évidente dans un âge plus avancé.

(3) On en sera convaincu, en comparant les os du côté gauche du bassin avec ceux du côté droit Pl. I.

En agissant de cette manière, nous serons conduits à de nouveaux examens et à l'influence, que ce vice doit avoir sur toute la posture de l'homme. Car la claudication, quoique n'existant que d'un seul côté, exerce son influence non seulement sur l'extrémité inférieure de ce côté, mais affecte tout le corps, comme si la claudication avait lieu des deux côtés à la fois; seulement l'effet s'en présente différemment.

La position verticale du corps est nécessairement interrompue, parceque dans cette position droite et la marche le centre de gravité du côté difforme ne s'accorde plus avec le centre de mouvement; c'est-à-dire, avec la position de la tête du fémur dans son articulation. L'homme, en éprouvant cette difficulté, s'efforce d'y remédier par un entier déplacement de la position relative des parties. Dans l'état de repos, il ramène le poids du corps au côté sain. Par ce moyen la hanche devient plus basse de ce côté-là que dans l'articulation morbide. Quoiqu'on pourrait s'attendre que, dans le raccourcissement des extrémités, provenant d'une luxation non réduite de la tête du fémur, ce côté du corps devrait se présenter plus bas, l'expérience nous apprend le contraire. Le raccourcissement de la jambe, qu'on rencontre dans la claudication d'un côté, est donc en partie réel, en partie apparent; réel, pour autant qu'il est causé par le déplacement du fémur; apparent, parceque la plus grande élévation du bassin à ce point fait monter les extrémités inférieures avec lui.

Il nous reste encore à remarquer une troisième particularité. Si l'on fait une comparaison entre les deux pieds, du côté malade et du côté sain, ce ne sont pas seulement le talon élevé et la position du pied en dedans, qui offrent des points de comparaison, mais la forme toute entière du pied se présente d'une autre manière. Ceci est surtout apparent au coude-pied plus haut, à la cavité plus grande de la plante, et à la longueur plus grande du calcaneum, dont la tuberosité descend dans notre sujet au moins un demi-pouce plus qu'au côté droit (1). Le talon levé dans l'état de repos n'est donc nullement

un

(1) CAMPER, dans son mémoire sur la meilleure forme des souliers, (*Verhandeling over den besten schoen*) faisant mention de l'influence que les hauts talons des souliers doivent avoir sur la forme du pied, considére ce qui peut avoir lieu sur la partie antérieure proéminente du calcaneum, qui doit recevoir la partie antérieure inférieure de l'astragale. Cette surface articulaire du calcaneum semble de sa nature être divisée en une facette extérieure plus haute et plus petite, et une autre intérieure, plus basse et plus grande.

On

un signe certain du raccourcissement réel de l'extrémité inférieure, mais provient de la réunion combinée des trois circonstances mentionnées: la luxation non réduite, l'élévation du bassin d'un côté seulement, et la prolongation du calcaneum.

A l'instant où un côté du bassin descend, la direction de la colonne vertébrale vient à changer (1), les vertèbres lombaires se tournent de ce côté, les dorsaux au contraire se courbent du côté opposé, et, quoique ce ne soit pas si évident, on rencontre au col un leger rejaillissement de ces phenomènes.

En même temps la vertèbre lombaire inférieure se presse plus contre la face supérieure du sacrum, et est cause que le promontoire est plus proéminent dans le bassin, dont la déclinaison à l'horizon devient plus grande. Dans ce cas le sacrum perd sa position verticale entre les os iliaques, d'où il suit que les dimensions du bassin deviennent anormales. Le symphysis n'a plus sa place directement opposée au milieu du sacrum. Ainsi le diamètre antéro-postérieur acquiert une direction plus oblique du côté gauche antérieur au côté droit postérieur, ce qui rend tout le bassin oblique et des deux côtés d'une inégale largeur, puis qu'il devient le plus large du côté morbide (2).

Ce n'est pas tout. Le centre de gravité n'étant plus en rapport avec le centre
de

On la trouve telle dans les premières années de la vie, et souvent elle reste de même dans un âge plus avancé. Voyez le Tome second du *Genees- Natuur- en Huishoudkundig kabinet*, par J. VOEGEN VAN ENGELEN, pag. 284 et 285, tab. 12, fig. 4, Lettr. E. F., Leide 1781, 8°.

Il me paraît douteux, si CAMPER veut déduire la confluence de ses deux facettes articulaires, qui selon ALBINUS, est naturelle, de l'influence du talon haut, que les femmes d'une condition élevée portaient alors. Il semble néanmoins l'entendre de cette manière, puisqu'il cite comme exemple d'une telle confluence le calcaneum d'un homme, chez qui elle se trouvait seulement du côté boiteux, tandis qu'au côté sain les deux facettes du calcaneum étaient restées separées. L. L., fig. 5, F, F.

Cette observation m'a conduit à examiner avec soin dans notre sujet, ce qui pouvait exister de cette disposition. Tout le contraire de ce qui avait été observé par CAMPER se présentait. Les deux facettes articulaires sont clairement séparées dans notre sujet presque au milieu, d'où vient que la facette extérieure, qui n'occupe ordinairement que la troisième partie, y était considérablement agrandie.

Comparant ensuite beaucoup de calcaneums de sujets sains, je trouvai la ligne de séparation des dites facettes conservées dans quelques uns, et dans d'autres les deux surfaces confondues; de sorte que cette double condition semble devoir être considérée comme normale. Ceci du moins est certain, que la marche boiteuse n'a pas besoin de produire la confluence de ces facettes articulaires, puisqu'elle peut aussi exister sans elle.

(1) Pl. I, *d*, *e*, *f*.

(2) Pl. I, où tous ces changements se présentent au premier aspect.

de mouvement, l'homme tâche autant que possible de diminuer ce malaise. Les épaules s'abaissent autant que le requiert l'équilibre perdu; les extrémités supérieures semblent se prolonger afin d'obtenir le même effet, et s'abaissent plus vers les cuisses que dans les sujets bien formés.

On comprend aisément que tout ceci se conforme à l'endroit où la tête du fémur s'est reposée sur la surface extérieure du bassin, après la dislocation. Ainsi il sera inutile de nous occuper plus longtemps de cette matière, et nous pourrons retourner à l'examen des changements, qui se montrent au bassin de notre sujet.

Il faut nous occuper d'abord de la cavité cotyloïde, d'où la tête du fémur est sortie, et ensuite de la formation pour elle d'une nouvelle cavité, ce qui a lieu dans la majorité des cas. Soit qu'une nouvelle cavité se forme, ou bien qu'elle ne paraisse pas durant toute la vie, dans tous les cas la mutation, que l'ancienne cavité subit, est la même. Ainsi cette cavité articulaire est toujours transformée en un triangle isocèle, dont la base est réprésentée par une incision à son côté antérieur inférieur. Il ne reste plus rien ni de l'anneau fibro-cartilagineux, qu'on trouvait au bord de la cavité cotyloïde, ni de la division ultérieure en deux cavités, ni du cartilage, qui en tapissait la plus grande partie. Tout est devenu rude et inégal, rempli de graisse, quand les parties molles ne sont pas encore enlevées (1).

De quelle manière peut-on expliquer cette forme triangulaire? Il faut se rappeler tout ce qui a lieu dans la luxation de la tête du fémur et après. Quand cette tête sort avec violence de sa cavité, la membrane capsulaire se déchire en partie pour qu'elle puisse sortir, ou bien la membrane reste intacte. Dans l'une ou l'autre de les circonstances les attaches, qui sont restées à la cavité et au fémur, deviennent extrêmement tendues, d'où naît bien au commencement quelque peu d'altération dans la rondeur de la cavité, mais, en agissant continuellement, elles doivent laisser de profondes impressions dans la direction de leur force, c'est-à-dire, forcer les parties supérieures et inférieures de la cavité à se rapprocher (2).

Si l'on ajoute que l'action du muscle iliaque interne et du grand psoas du
co-

____

(1) Pl. I, *g*, *h*, *i*. Pl. II, *g*, *h*, *i*, *k*.

(2) J'ai dû découper la plus grande partie de la membrane capsulaire, afin de pouvoir montrer la tête du fémur dans sa forme altérée. L'on peut néanmoins par la bande restée se faire une idée de la relation, dans laquelle cette capsule s'est trouvée avec l'ancienne cavité cotyloïde. Pl. I, *k*.

côté supérieur, et l'obturateur externe du côté inférieur et extérieur pressent sur le bord de la cavité cotyloïde, l'on conçoit, que par cette double cause, la cavité cotyloïde doit toujours disparaître de la même manière et sous la même forme. — Mais il ne faut nullement se figurer que des forces purement méchaniques transforment et moulent, pour ainsi dire, la cavité de ronde, qu'elle était, en une forme triangulaire. Du tout: ici, de même que dans toutes les parties organisées, concourt une action vitale, qui agit sur la composition et sur la forme des parties et les rend propres à leurs nouvelles fonctions. Nous pourrons l'observer dans la suite surtout par les changements, que subissement le pubis et l'os ischiatique dans la mutation de forme et de direction des muscles, qui passent de cet os au fémur.

Ainsi il pourra paraître de même, que la forme d'une partie amène l'autre, et qui plus est, que par un principe propre actif, que nous nommons *vie*, les aberrations même dans le corps organisé sont modifiées de telle sorte, que leur action nocive devienne la moindre possible.

Après le déplacement de la tête du fémur, elle ballotte librement entre les muscles fessiers, suspendue seulement et limitée dans ses mouvements par ceux-ci et par la membrane capsulaire, où elle vient en contact avec la surface de l'os iliaque, soit aussitôt, soit après quelque temps. De ces deux conditions tout-à-fait différentes dépend, selon nous, la formation d'une nouvelle cavité articulaire. Car il s'en faut de beaucoup qu'une nouvelle cavité soit formée dans tous les cas de luxation. Là où elle a lieu, il semble que le frottement continuel de la tête du fémur excite l'action des vaisseaux du périoste de l'os iliaque, et les force à déposer une nouvelle substance osseuse; ou peut-être ce frottement cause-t-il la déstruction du périoste, et fait-il naître à la surface de l'os une action augmentée des vaisseaux pour former une lymphe plastique, qui devient la base d'une nouvelle cavité articulaire. Dans cette lymphe plastique se déposerait ainsi de temps en temps du cartilage, et plus tard à sa place de la substance osseuse.

De la même manière qu'une croûte cartilagineuse protége les surfaces dans les cavités articulaires originelles, ainsi DE WETTE pense, qu'il faut l'assumer dans cette action anormale (1). Il paraît en effet que ses expériences sur des lapins prouvent l'existence de ce tégument articulaire dans la nouvelle cavité. Mais le

té-

(1) Voyez ses *Luxationes experimentis illustratae.* Berolini 1835, 4o., pag. 34 et 35.

témoignage d'autres écrivains et notre propre expérience affirment, que chez l'homme on ne le trouve pas toujours, quand même on le trouve quelquefois.

Si la dite formation de substance osseuse n'est troublée par aucun accident, elle marche régulièrement, jusqu'à ce que la tête du fémur soit tout-à-fait incluse, laissant ordinairement autant d'espace, que le requiert un libre mouvement. Je me tiens assuré, que dans de telles circonstances la tête du fémur a passé par la membrane capsulaire, et que la connection rompue est remplie plus tard par une substance nouvelle, puisque le contact entre les deux surfaces osseuses serait impossible sans cela.

Si, la capsule n'étant pas rompue, la tête du fémur est sortie de sa cavité, elle ne peut pas entrer en contact immédiat avec la surface osseuse du bassin, et ne fera jamais naître une nouvelle cavité articulaire dans ce sens, comme nous l'avons vu. Néanmoins il n'en résulte pas indispensablement, qu'il n'exerce aucune influence sur la production d'une impression à la surface de l'os iliaque. Mais une telle impression n'est pas formée dans le cas d'une substance osseuse nouvellement déposée, mais toute la surface de l'os se tourne en dedans, formant une cavité, dans laquelle la tête du fémur se meut. Je possède un objet fort remarquable, dans lequel au milieu de la surface de l'os iliaque droit, au point de sa plus grande ténuité, les lamelles de l'os sont toutes deux tournées en dedans, formant un large entonnoir pour placer la tête du fémur (1). Je possède encore des exemples, où la substance osseuse est enlevée, ou si l'on veut, est comme enfoncée, et où de cette manière au détriment de sa propre substance s'est formée une cavité; et d'autres, dans lesquels on ne trouve nullement sur la surface extérieure du bassin quelque vestige d'une nouvelle cavité, tous, selon mon avis, étant des cas de luxation de la cuisse, dans lesquels la tête n'a pas quitté la membrane capsulaire, et où dans cette condition elle n'a pas touché la surface extérieure de l'os iliaque, mais où elle est restée sous les muscles.

Mais soit qu'une nouvelle cavité soit formée ou non pour la tête du fémur, le déplacement du point de mouvement ne manque pas d'avoir une grande influence sur la forme du bassin.

l'Éten-

---

(1) Un exemple pareil, mais dans l'os iliaque gauche, est représenté Pl. LXVI de l'ouvrage intitulé : *Museum anatomicum*, descriptum ab E. SANDIFORT.

L'étendue du muscle moyen fessier étant presque toute mise hors d'action, l'antagonisme est détruit entre ce muscle et l'iliaque interne; le dernier subit de plus une tension par la plus grande distance, qu'il doit parcourir, afin de parvenir avec le grand psoas au petit trochanter. L'os iliaque, d'un côté étant privé d'un fort antagoniste, est contraint de suivre l'action opposée; il cède à sa force, qui tend à le faire tourner en dedans, et de sa position déclive il devient presque droit (1).

L'action des fibres musculaires sur la surface extérieure de l'os étant perdue, les tubérosités, qu'on y trouve ordinairement comme des vestiges de leur action, se dissipent aussi (2)

La surface intérieure de l'os iliaque prend alors une forme concave, le bord inférieur, qui sépare le grand bassin du petit, se perd, ou du moins acquiert une rondeur, qui ôte la limite primitive à la division entre le grand et le petit bassin (3).

La preuve, que cette mutation de forme, que le bassin subit, provient uniquement de la prépondérance acquise de l'action du muscle iliaque interne, et nullement de la pression de la tête du fémur luxée contre la surface extérieure de l'os iliaque, se montre surtout dans les exemples, où cette tête n'a pas pu atteindre la surface extérieure, et où l'on trouve néanmoins une égale élévation de l'os iliaque, comme je l'observe dans plusieurs bassins de ma collection.

La crête de l'os iliaque perd presque toute la courbure, qui lui était propre, et acquiert une direction plus rectiligne (4). L'incision au côté anterieur-inférieur entre l'épine supérieure et inférieure est moindre, et semble ainsi plus longue qu'au côté sain (5); ce qui est en rapport avec la plus grande ténuité de l'épine antérieure supérieure et avec la déviation de l'inférieure.

En observant ensuite le bassin du côté antérieur, on trouve que les autres changements ne sont pas moins importants. La substance osseuse étant diminuée en étendue et en épaisseur, on trouve l'os pubis et l'os ischiatique plus minces

et

(1) Pl. I, *d* et Pl. II, fig. 1.
(2) Pl. II, fig. 1.
(3) Pl. I, *l.*
(4) Pl. I et II, fig. 1, *d. d.*
(5) Pl. I, *m.* Pl. II, *m.*

et plus exténués que de l'autre côté, mais aussi leur forme est fort différente de la forme naturelle. La branche supérieure ou horizontale du pubis est plus longue que du côté sain, et a au point de sa jonction avec l'os iliaque une profonde impression, causée par l'action du muscle iliaque interne et du grand psoas, quand ils le passent pour atteindre le petit trochanter (1). La tubérosité ischiatique est tournée en dehors, par cette position de la branche, qui reunit l'os pubis et ischiatique (2). Cette situation en dehors s'opère par l'action du grand adducteur, qui, perdant sa direction oblique et en bas par la déduction de la cuisse, doit agir dans une direction plus en haut et en dehors, déduction, avec laquelle le soulèvement du bord osseux, duquel il provient, est en rapport immediat; et dans la direction en haut et l'alongement du muscle carré crural, la direction forcée oblique et en dehors des muscles jumeaux et de l'obturateur interne doit encore être considerée comme coöpérante.

De ces déviations résulte la mutation de forme du trou ovalaire, qui étant plus allongé, devient en même temps plus étroit; ainsi les dimensions n'en restent nullement égales à celles du côté sain (3). La forme de l'échancrure sciatique ne reste aussi pas la même. Le sacrum lui-même partage l'influence, que la claudication exerce sur les os du bassin.

Mais je craindrais d'entrer dans trop de détails, si je voulais exposer tous les points de différence, que l'on observe dans ces cas. Néanmoins je dois observer encore que la capacité interne du bassin dévie aussi de son état normal.

On peut dire en général, que la claudication, dépendant d'une luxation de la cuisse non réduite, influe heureusement sur la capacité du petit bassin. Mr. CAMPER l'a déjà démontré, il y a plusieurs années (4).

La claudication d'un côté seulement semble surtout propre à rendre évident d'où provient cette plus grande capacité. L'anéantissement de la ligne intermédi-

(1) Pl. I, *n.*
(2) Pl. I, *o*, *p.*
(3) Pl. I, *q.*
(4) Voyez la dissertation de P. CAMPER sur l'éducation physique des enfants (*Verhandeling over het bestier van kinderen*), dans les *Verhandelingen van de Hollandsche Maatschappij der Wetenschappen te Haarlem*, Tom. VII. part. II, Haarlem 1763, 8o., pag. 459, où il pose décidement que la marche boiteuse ne nuit jamais à l'accouchement, mais qu'au contraire il en devient plus facile, puisque d'ordinaire le bassin est agrandi par ce vice.

diaire entre les deux cavités pelviennes fait que les diamètres transversal et oblique à l'entrée du petit bassin sont rendus plus grands. J'ai pris ces dimensions
sur un grand nombre de bassins, et j'ai toujours trouvé cette augmentation. Dans
le sujet, dont nous nous occupons, il est d'un demi pouce mesure du Rhin.
L'agrandissement de la capacité interne du petit bassin en quelques-unes de ses
dimensions doit être evident d'après ce que nous venons de dire. La même chose
a lieu par rapport aux dimensions de la sortie du bassin.

Par la fragilité et la ténuité singulière de la substance osseuse, le bassin du
côté difforme est moins haut, tant considéré en entier, qu'en ses parties individuelles. Il serait superflu d'indiquer par des chiffres ces différentes mesures,
puisqu'elles dépendent de la constitution individuelle, et ne peuvent pas être
égales chez tous. Si cela me semblait utile, il ne serait pas difficile de déduire
une série de termes moyens d'une foule de dimensions.

Ecrivant sur la claudication après une luxation de la cuisse non réduite, je
ne saurais omettre ce qu'on a publié en France depuis quelques années sur cette
difformité comme *vice congénital*. Je puis d'autant moins m'en dispenser, que
ce vice originel a été considéré par le celèbre DUPUYTREN comme un sujet
entièrement nouveau et dont il n'avait jamais été fait mention (1).

Ce

(1) On peut comparer le *Répertoire général d'Anatomie et de physiologie pathologique,*
Tom. II, 3e Trimestre de 1826, pag. 82 et suiv., Pl. IV, ou ce qu'on en a extrait dans les *Noti-*
zen aus dem Gebiete der Natur- und Heilkunde, von LUDWIG FRIEDRICH VON FRORIEP, XVI. B.,
pag. 153—159. Erfurt 1827, 4o. Et ces mêmes *Notizen* XXXVII B., pag 313—320 et pag. 331—334.
Erfurt 1833.

De même ROB. FRORIEP a donné, d'après DUPUYTREN, une figure instructive de la forme extérieure
du corps d'une fille de douze ans, qui boitait des deux côtés par ce vice congénital. La planche CLXXX
de ses *Chirurgische Kupfertafeln* montre avec précision le corps de côté, d'avant et de derrière.

Les disciples et les auditeurs de DUPUYTREN n'ont pas manqué aussi de communiquer au public
ce qu'ils avaient entendu de lui sur ce vice congénital.

Les *Leçons orales de clinique chirurgicale faites à l'Hôtel-Dieu de Paris,* par M. le Baron
DUPUYTREN, chirurgien en chef, *recueillies et publiées par une société de Médecins,* Paris 1833, 8o.,
en donnent, dans le Tome troisième pag. 205 et suiv., une ample déscription, sous le titre: *de la luxation*
originelle des femurs.

Dans ces *Leçons orales* est mentionnée une thèse de CAILLARD-BILLONNIÈRE, *sur les luxations*
originelles ou congénitales des fémurs, Paris 1823, No 233, dans les termes suivants: Ce Médecin
a déposé dans le museum de *la Pitié* une pièce fort curieuse, disséquée sous les yeux de M. le Baron
DUPUYTREN, et qui montre les altérations, que subissent le fémur et la cavité cotyloïde dans la luxation
originelle des fémurs.

C

Ce célèbre chirurgien mérite, sans doute, de grands éloges, pour avoir fixé dans beaucoup de particularités l'attention de ses compatriotes sur un sujet si remarquable, et qu'ils ne semblent pas avoir connu. Il faut se rappeler cependant, que PALLETTA a écrit sur un pareil vice congénital il y a plus de cinquante ans (1), et qu'il l'a mis en évidence dès 1820 (2).

Possédant le bassin d'une jeune fille, qui avait atteint l'âge de seize ans environ, mais dont le développement et la force étaient de beaucoup retardés, je fais mention de ce vice surtout parceque je ne connais pas de gravure d'une pareille difformité dans un âge avancé.

CRUVEILHIER a bien fait graver le bassin d'un enfant nouveau-né, qui nâquit avec une luxation de la cuisse (3); mais cette gravure, toute remarquable qu'elle puisse être sous quelques rapports, ne rend pas clairement le cas que nous signalons,

Je n'ai pas pu me procurer ni voir cette thèse.

On trouve plus tard dans la *Gazette des Hôpitaux civils et militaires*, no 91, Tom. VIII, 2 Août, et n° 92, 5 Août 1834, par un des auditeurs du cours public de DUPUYTREN la communication de ce qu'il y a entendu, *sur la luxation originelle ou congénitale de la tête des fémurs.*

Depuis 1834 il n'est rien venu à ma connaissance d'écrit sur ce vice congénital, hors l'ouvrage du Dr. J. GRAETZER: *die Krankheiten des Foetus*, et dans le mémoire couronné de A. L. LAND et P. A. VAN SON: *over de kennis en behandeling van de ziekten der gewrichten* (sur la connaissance et le traitement des maladies des articulations); on en trouve le contenu principal dans les ouvrages mentionnés.

(1) JOANNES BAPTISTA PALLETTA, *de claudicatione congenita ;* recusa dissertatio a cl. E. SANDIFORT, L. B. 1788. Je n'ose pas affirmer, que l'on trouve déjà ce vice mentionné chez HIPPOCRATE, aussi positivement que GRAETZER l'a fait (l. c. pag. 222). Je trouve, à la vérité, qu'après avoir decrit la luxation de la cuisse et le défaut de développement dans les parties dures et molles, qui s'y trouvent mêlées, il reconnoit surtout ce retard de croissance dans les individus non adultes; je trouve encore, qu'afin de démontrer la plus grande difficulté, que ce vice occasionne dans la marche et la position verticale du corps, d'après qu'il affecte l'homme dans un âge moins avancé, il le dit être présent déjà dans le foetus, et passe de là aux premiers temps après la naissance, pour l'observer ensuite dans les adultes.

Voici ses expressions, d'après la version de FOËSIUS. „Gravissime igitur habent, quibus dum in „utero continentur, elabitur hic articulus; secundum hos, quibus in summa infantia idem contingit. Minime vero omnium, qui adulti istud perpessi sunt."

Mais je laisse à décider, si cette phrase ne doit pas être plutôt envisagée comme provenant de son observation sur les changements plus grands des parties après la luxation de la cuisse dans le jeune âge, que comme l'indication précise d'un vice congénital observé par lui.

(2) Exercitationes pathologicae, auctore JOANNE BAPTISTA PALLETTA, Mediolani 1820. 4o.

(3) II Livraison, Pl. II, fig. 3.

lons, étant prise tout-à-fait dans les premiers jours de la vie, et de plus le vice étant combiné avec tant de difformités d'autres parties, qu'on ne peut guère le considérer comme une anomalie propre.

Je dois le dit bassin à feu M. VAN RÉE, Chirurgien de Zaandam (1). Il me le donna il y a plus de vingt-cinq ans, mais n'y ajouta aucune particularité, si ce n'est que la jeune fille, dès qu'elle avait commencé à soutenir son corps sur les extrémités inférieures, avait boîté des deux côtés, sans qu'auparavant aucun signe extraordinaire eut été observé aux articulations de la cuisse, excepté que les grands trochanters étaient devenu plus larges et plus saillants, et que sa marche, quoique assez difficile, n'avait jamais été accompagnée de douleur, et qu'elle n'avait jamais fait usage d'aucun moyen d'appui.

Je suis fâché de n'avoir pas eu l'occasion de faire l'autopsie du cadavre. Mon expérience néanmoins en sujets, qui boîtaient des deux côtés par des luxations acquises après la naissance, ne me fait pas hésiter d'expliquer beaucoup de phénomènes dans ce vice congénital par une action analogue des muscles. Car il s'en faut de beaucoup que le bassin, après une luxation congénitale de la cuisse, ne souffre pas de changements ; le contraire est si évident dans notre exemple, que par cette raison seule, il meriteroit, d'être consideré en détail.

Les deux têtes des fémurs, encore couvertes de leur enveloppe cartilagineuse, et chacune incluse dans la capsule prolongée, sont à la vérité munies d'un col assez bien constitué, mais au lieu d'être bien dévéloppées, elles sont petites et d'une figure pointue et inégale. On ne trouvait rien du ligament rond dans les cavités cotyloïdes ou sur les têtes des fémurs (2). Ainsi ces têtes sont seulement attachées par la membrane capsulaire, qui est très épaissie, surtout du côté supérieur et postérieur de l'ancienne cavité, et à l'épine antérieure et inférieure de la

cré-

(1) Pl. III.

(2) On dit que DUPUYTREN l'a rencontré une fois dans un état étendu, aplati et comme usé par la pression et le frottement de la tête du fémur. On peut présumer, d'après des principes rationels, que ce ligament ne manque jamais au commencement, ce qui devient plus que vraisemblable par les deux exemples notés de sa présence dans les premiers temps de la vie. L'un est mentionné par PALLETTA, pag. 90 de ses *Exercitationes pathologicae*, l'autre réprésenté par CRUVEILHIER sur la deuxième planche de son *Anatomie-pathologique*.

On peut déduire de ce que nous avons rapporté d'après DUPUYTREN, de quelle manière ce ligament se perd dans une époque plus avancée.

crête iliaque (1). Affermies par ce bandage solide, elles pouvaient pendant la vie se mouvoir librement, entre les muscles fessiers, sans avoir besoin de venir en contact immédiat avec les surfaces extérieures des os iliaques. Mais elles ne sont pas restées néanmoins sans influence sur les muscles fessiers, tant moyen que petit. Car par le déplacement des têtes des fémurs, les points centraux de mouvement sont aussi venus dans un autre rapport avec les muscles mentionnés, et plusieurs de ses faisceaux sont par là rendus inactifs.

Quoique l'action réciproque des muscles sur les surfaces extérieures et intérieures des os iliaques ne soit pas aussi troublée, ou bien anéantie, comme nous l'avons observé en d'autres cas, il s'en faudrait néanmoins de beaucoup, que leur action ne soit pas rendue difficile.

Il paraît que, surtout du côté gauche, le muscle iliaque interne a pris le dessus sur le moyen et le petit fessier; car on voit de ce côté, que l'os iliaque s'est un peu relevé de sa position déclive (2).

Avec cette position plus verticale de l'os iliaque gauche est combiné l'anéantissement partiel de son bord intérieur et inférieur, et ainsi la ligne de démarcation entre le grand et le petit bassin est rendue moins visible. Comme cette mutation de forme dans la claudication d'un seul côté est suivie d'amplification de la cavité pelvienne de ce côté, on l'observe pareillement ici. L'état non développé du bassin, provenant de la jeunesse et de la croissance des os, retardée dans ce sujet, le rend ici moins évident, mais cependant assez pour qu'on puisse l'apercevoir au premier aspect (3).

Le rebord fibro-cartilagineux, qui est superposé au bord de la cavité cotyloïde, et qui finit son contour près de l'échancrure, est resté intact, de sorte que la gouttière, ou si l'on veut le trou, servant de passage aux vaisseaux, ne manque pas au côté antérieur et inférieur (4); ce qu'on ne trouve jamais dans des luxations complètes, acquises après la naissance et non réduites.

L'apparence de l'ancienne cavité cotyloïde n'est pas conforme à celle que l'on

(1) Pl. III, *aa*, *bb*.
(2) Pl. III, *c*.
(3) On n'a qu'à regarder la partie inférieure du bassin, pour être persuadé, que le côté gauche surpasse en capacité le côté droit.
(4) Pl. III, *de*, *de*.

l'on observe chez des sujets, qui boitent à cause d'une luxation après la naissance. Elle est plus verticale, avance plus, et peut quant à sa forme assez bien être comparée à une oreille humaine, manquant de tragus et de lobule (1). Cette forme paraît déjà aux deux cavités cotyloïdes d'un enfant nouveau-né, qui nâquit avec des fémurs luxés des deux côtés (2).

Par là le trou ovalaire ne ressemble guère quant à sa forme à celui de sujets bien conformés, et de boiteux par luxation acquise après la naissance. Il a sa plus grande hauteur du côté de la cavite cotyloïde. Si l'on admet cette partie postérieure pour la base d'un triangle, les deux jambes, qui en proviennent, sont prèsque égales et se joignent dans un angle obtus au point de l'origine de la branche descendante du pubis (3).

Il paraît, que la proéminence, que l'on trouve du côté supérieur des cavités cotyloïdes sur les branches horizontales du pubis (4), doit être attribuée au rapprochement trop hâtif de ces branches avec la partie antérieure des os iliaques; et celui-ci au manque de la forme ronde des cavités articulaires, qui est perdue après la déviation des têtes des fémurs. La forme propre de la cavité cotyloïde abandonnée semble provenir du même rapprochement trop hâtif entre l'os pubis et l'iliaque.

Breschet, se fondant sur le fait que l'ossification ne se termine que tard là, où des cavités ou des éminences se forment, par le rapprochement de différents noyaux osseux, croit que le rapprochement trop hâtif de ces pièces, que nous considérons comme la suite de la luxation originelle, en est précisement la cause (5). Je doute néanmoins de l'exactitude de cette explication. Car aussi longtemps que la tête du fémur est comprise dans sa cavité, ce rapprochement trop hâtif est par cela même tout-à-fait empêché. Il paraîtra plus tard qu'une tout autre cause produit ce vice.

L'on trouve au dessus des cavités cotyloïdes, des deux côtés sous l'épine antérieure et inférieure de l'os iliaque, une empreinte profonde (6), que nous avons

(1) Pl. III, *ff.*
(2) J. cruveilhier, II. Livraison, Pl. II, fig. 3.
(3) Pl. III, *g*, *h*, *i.*
(4) Pl. III, *kk.*
(5) *Leçons orales*, pag. 241 et 242, et *Gazette des Hôpitaux*, Tom. VIII. pag. 367.
(6) Pl. III, *ll.*

avons décrite ailleurs (1), et que nous avons dit prendre son origine de l'action du muscle iliaque interne et du grand psoas. Il semble néanmoins, que l'altération la plus remarquable ait eu lieu à la sortie du petit bassin. Le bord extérieur des tubérosités de l'ischion est très divergeant et comme élevé, d'où il suit que leur branches sont renversées; direction que nous voyons prendre aussi aux branches descendantes du pubis (2).

Il paraît au premier aspect, combien l'arcade pubienne en est agrandie. J'ai comparé, afin de le prouver, l'angle sous l'arcade pubienne de ce bassin avec celui d'un bassin normal, de la même grandeur, pris également d'un sujet féminin. Ce sujet n'avait pas plus de quatorze ans. La ressemblance en grandeur de ces deux bassins dépend seulement du développement retardé chez la fille boiteuse. Je trouvai pareillement, que dans le bassin de cette fille boiteuse l'angle était de plus de cent degrés, tandis que dans le bassin sain le même angle en avait à peine soixante.

Ainsi il n'y a aucun doute, que le bassin ne subisse des changements tout aussi considérables après la claudication congénitale, que dans les luxations non réduites de la cuisse, aquises après la naissance. Dans le bassin néanmoins, que j'ai examiné, ces changements semblent se borner principalement à la surface externe. Car les dimensions de la capacité interne diffèrent bien peu de celles que l'on trouve dans un bassin normal de la même grandeur. La cavité est devenue irrégulière par l'accroissement en largeur du côté gauche, comme l'on peut s'en assurer en l'examinant le long de son ouverture inférieure (3). Le diamètre transversal, pris dans le grand bassin au milieu des crêtes des os iliaques, est tant soit peu plus court, que dans le bassin que nous avions choisi comme objet de comparaison; différence qui est aisément expliquée par la position plus élevée de l'os iliaque gauche du bassin vicieux.

Il est bien vraisemblable, sans être certain toutefois, que dans un âge plus avancé, des déviations encore plus grandes du type normal ne soient produites (4). Il
me

---

(1) Pag. 12 et 13.
(2) Pl. III, *mm*, *nn*, *oo*.
(3) Pl. III, où cette capacité majeure du côté gauche du bassin n'échappera à l'attention de personne.
(4) Ce qui est annoté ici comme vraisemblable de tout le bassin, peut être dit aussi des fémurs, surtout de leur tête, de leur col et de leurs trochanters. Mais le sujet, dont je m'occupe, ne me permet

me semble surtout que le diamètre sacro-pubien doit être raccourci par la cambrure des reins, ce qui est inséparable de la claudication congénitale. Le promontoire ou la partie saillante du sacrum est poussée par là indispensablement en dedans, tandis que dans l'inclinaison augmentée du bassin, les os du pubis élevés par la tension des muscles abdominaux droits, coöpèrent à rétrécir le bassin à son ouverture (1).

Ce vice congénital affligeant principalement le sèxe féminin, il est de beaucoup d'interêt d'en bien considérer aussi le traitement. Son influence sur l'état de grossesse et d'accouchement s'aperçoit par la seule considération, et est démontrée dans plusieurs cas, par une triste expérience. L'assertion, que les boiteuses accouchent plus facilement que les femmes bien formées, quoique vraie en général, ne doit pas être admise sans exception (2). C'est la connaissance de cet-

pas de digressions. Je ne crois pas cependant, qu'il soit tout-à-fait superflu de signaler à cette occasion un seul phénomène, que l'on trouve par-ci par-là dans quelques sujets d'un âge plus avancé; j'entends une excavation particulière observée quelquefois sous le petit trochanter.

Comme dans la luxation fémorale congénitale les extrémités inférieures tendent toujours à se croiser, et en marchant à se tourner tout-a-fait obliquement en dedans, cette excavation est peut-être produite de temps en temps, par le contact de ces parties avec les tubérosités ischiatiques et leur pression sur ces dernières.

(1) En examinant les os pubis il est évident, que dans le voisinage de leur articulation, ils sont tant-soit-peu élevés. Pl. III, p. p. Il ne paraît pas dans cette figure que la base du sacrum avec son-articulation avec la dernière vertèbre lombaire soit poussée en dedans, mais on peut suffisamment déduire cette circonstance de ce que nous avons dit, et d'ailleurs il ne peut-être méconnu par l'affaissement si fort des hanches dans cette espèce de claudication. On peut comparer Tab. CLXXX des *Chirurgische Kupfertafeln, zum Gebrauch für practische Chirurgen*, 36ster Heft. Weimar, 1827, 4°, ou les figures originelles par DUPUYTREN. Pl. IV du *Répertoire* déjà mentionné.

(2) Ce n'est qu'après la publication de mon essai en Hollandais que je suis parvenu à connaître plus en détail la thèse de Mr. CAILLARD-BILLONNIERE, *sur les luxations originelles ou congénitales des femurs*, par un extrait étendu, communiqué dans *les Récherches pratiques sur les principales difformités du corps humain, et sur les moyens d'y remédier, par* JALADE-LAFOND, Deuxième partie *Chapitre* VI, pag. 214, suiv. Paris 1829, 4o. Cet extrait m'a paru important surtout, par ce qu'il sert à confirmer l'influence nuisible, que la luxation originelle des fémurs a sur l'entrée du petit bassin. CAILLARD a trouvé que le diamètre antéro-postérieur ou sacro-pubien n'avait que deux pouces dans le cadavre d'un homme de soixante-quatorze ans, qui par luxation congénitale boitait des deux côtés.

Il est difficile d'expliquer, comment, après cette observation, JALADE-LAFOND ait pu avancer, que l'espace interne du bassin après claudication congénitale ne subisse point de changement, à moins que son respect même pour les erreurs du célèbre DUPUYTREN ne l'y ait porté.

Comparez pag. 199 avec pag. 215 des *Récherches pratiques* précitées.

cette exception, qui a conduit quelques chirurgiens à inventer des appareils propres à redresser autant que possible l'attitude et la marche de ces sujets.

Je n'ai nullement le dessein de m'arrêter à considérer la forme et la composition de pareilles machines, ou de défendre leur application. Je voudrais seulement qu'on eût égard à leur tendance utile et à l'avantage réel, qu'on peut en attendre, afin qu'on ne néglige pas de soulager un vice, qu'à la vérité on ne peut jamais guerir tout-à-fait, mais qui peut être rendu sans danger pour l'accouchement.

Voilà les considérations, dont je m'occupais déjà depuis longtemps sur ce vice congénital, et que j'ai tâché d'indiquer. Je n'ai pas voulu indiquer ni faire juger tout ce que je trouvais chez d'autres écrivains. J'aurais du exposer principalement dans toutes ses particularités et soumettre à un examen critique tout ce qui a été écrit sur ce sujet par DUPUYTREN et par ses disciples. Il me semblait inutile de faire l'un, puisqu'on peut admettre que ce qui a été écrit par ces écrivains n'est par resté inconnu à des chirurgiens savans; quant à l'autre tout ce en quoi j'ai cru devoir différer d'eux est déjà compris dans ce que j'ai développé.

Seulement je ne saurais omettre de faire mention en peu de mots de la manière, dont CRUVEILHIER a tâché dans ces derniers temps d'expliquer l'origine de ce vice: „Il résulte," dit-il, „d'un fait représenté planche 2, II Livraison, 1°. que les luxations congénitales du fémur sont le résultat d'une pression, d'une violence extérieure, subie par le foetus dans la cavité utérine, pression, violence extérieure, qui sont de même nature que celles qui déterminent le vice de confor-

Page 199 il dit: „Une chose digne de remarque est, que ce qui se passe à l'extérieur du bassin „n'influe en rien sur le développement de celui-ci, et qu'avant l'époque de la puberté, pendant cette „époque et après qu'elle est passée, le bassin acquiert les dimensions les plus favorables à l'exercice des „fonctions des viscères qu'il renferme, et qu'il est aussi propre à recevoir, à conserver et à transmettre „le produit de la fécondation, que chez les personnes les mieux conformées."

Page 215 il nous apprend, d'après M. CAILLARD, „que le Système osseux du bassin avait subi „quelques altérations dans la forme des os qui le composent; qu'ils offraient en général des traces de „déviation. Les os des îles étaient fortement convexes en dehors; leur crête était contournée en dedans, „les fosses iliaques, très profondes, étaient excessivement amincées et réduites, dans presque toute leur „étendue, à un feuillet mince et fragile. Les diamètres du bassin avaient également éprouvé quelques „changemens; ainsi le diamètre antéro-postérieur ou sacro-pubien n'avait que deux pouces, etc."

formation, connu sous le nom de pied- bot, main-bot; que cette pression a pour résultat non le déchirement, mais l'allongement de la capsule fibreuse „ (1).

Il paraît ainsi, que si dans l'année 1836 un médecin français célèbre ne publie son opinion sur l'origine d'un vice, que d'après le sujet, où il le trouva, il aurait pu l'expliquer d'une manière aussi satisfaisante que PALLETTA l'a fait, il y a presque vingt ans. S'il était démontré, ce qui ne l'est pas, que les pieds- et les mains-bots sont produits par la pression de la surface interne de l'utérus, Mr. CRUVEILHIER, pourrait-il croire tout de bon, que *dans l'utérus* les têtes des fémurs seroient expulsées de vive force de leurs cavités articulaires, et que, dans un tel effort, les têtes cartilagineuses avec leurs cols et trochanters, avec lesquels ils ne font qu'une seule partie, ne se détacheraient pas du fémur.

Puisque ces parties restent intactes, ne doit on pas supposer plutôt une force agissant lentement, qui expulsant la tête du fémur du dedans en dehors, permet l'extension du ligament rond et capsulaire, qui arrive petit à petit au point que la tête du fémur doit dépasser la cavité articulaire et se placer ailleurs.

L'expérience ultérieure de PALLETTA s'accorde tout-à-fait avec cette considération. Il paraît par ses écrits, qu'il n'a pas toujours eu une idée précise de ce vice congénital. Je rendrai textuellement ce qu'il a écrit sur l'origine de la luxation congénitale en faisant la dissection d'un enfant nouveau-né.

„Puero 26 Julii 1785 ab matre proceris staturae habitusque optimi in lucem „emisso, et 10 Augusti denato utriusque femoris capita extra acetabulum erant „posita, nec praeternaturalem habebant cavitatem, cui insidebant, quemadmodum „in inveteratis ejusdem ossis luxationibus accidit. Cotyli pars interior, sive ma- „vis, anterior ab ligamento quodam in tranversum ducto occludebatur; nempe a „lata et morbosa productione ejus ligamenti, ut videtur, quod secundum naturam „gracilius est, et deficientem inferne acetabuli marginem complet. Altera autem „cavitatis cotyloïdeae pars, nempe posterior, patens quidem erat, nullâque mem- „branâ praeclusa, sed ex acetabuli cavo excrescens quaedam massa, densioris pin- „guedinis habitum referens, sinum omnem occupabat, in quem femoris caput „conjici debuisset. Igitur femoris caput in sinum alienâ materiâ obstructum recipi

„non

(1) *Anatomie-pathologique du corps humain*, XXVIII Livraison. *Maladies des os*, pag. 1 et 2.

D

„non poterat, retinebaturque a solâ capsâ articulari multo hic ampliore et laxiore,
„quae a parte priori firmiter adhaerebat ligamento acetabulum occludenti, a poste-
„riori vero ultra marginem externum acetabuli procedebat. Capsa haec orbiculata
„satis caeterum robusta erat, et crassior, eaque dissecta, ligamentum, quod vocant
„internum undequaque liberum, altero fine latiore in femoris caput inmittebatur,
„altero in acetabuli profundum demerso cum pinguedine confundebatur. Longius
„autem istud fuisse, quam natura ferret, observatum est, quodsi cum capsae
„articularis extensione conferres, facile concipies femora sursum et deorsum ad
„aliquam distantiam versari, simulque in orbem moveri potuisse.„

„Caput femoris sphaericum erat, pensile, haerebatque circa ossis ilium spi-
„nam inferiorem, cui quidem ossi non insistebat„ (1).

Quoique la claudication congénitale ne provienne que rarement d'un seul côté,
on en trouve néanmoins des exemples dans les annales de la chirurgie (2). S'ils
sont au reste conformes à ceux de la claudication congénitale des deux côtés, ils
seront vraisemblablement aussi dûs aux mêmes causes. Je dis ici à dessein, s'ils
sont conformes en toutes choses aux exemples de claudication congénitale des
deux côtés. Car en faisant imprimer ce mémoire il m'a paru évident, que même après
la naissance, un developpement augmenté et une amplification de la glande dite sy-
noviale peut produire, dans l'enfance, une expulsion lente de la tête du fémur de
la cavité. En exposant ultérieurement cette observation, faite par hasard, je crois
rendre service à mes lecteurs.

Une jeune fille, morte de phthisie pulmonaire scrophuleuse, ayant atteint
l'âge de huit ans, fut disséquée dans un tout autre but, que celui de découvrir la
condition des articulations. En faisant cette dissection on trouva une inégalité dans
la forme extérieure des deux articulations de la cuisse, ce qui faisait supposer que
quelque vice, qu'on devait regarder comme la cause de ce changement, était caché
sous cette condition anormale.

Ayant reçu ce bassin, déjà tout-à-fait dépouillé de ses muscles, mon attention
se fixa au côté droit sur la membrane capsulaire allongée obliquement en haut et
en

<hr>

(1) *Exercitationes pathologicae*, pag. 90.
(2) *Leçons orales*, pag. 227.
On y trouve noté, que DUPUYTREN sur vingt-six cas de claudication congénitale, n'en rencontra
que deux ou trois, où elle avait lieu d'un côté du corps seulement.

en arrière, qui recouvrait encore tout-à-fait la tête et le col du fémur. En essayant
de faire mouvoir cette tête, elle parcourait très-facilement l'espace libre, qui lui était
laissé par la membrane capsulaire prolongée. On sentait fort bien, qu'elle n'était pas
incluse dans une cavité articulaire.

Afin de m'assurer de la conditon précise de cette déviation, je fendis la membrane capsulaire du côté antérieur et supérieur de l'articulation, et repliai les parties séparées par dessus la tête et le col du fémur (1). Je vis alors clairement,
que la cavité cotyloïde n'était pas occupée par la tête du fémur, mais qu'elle était
presque toute remplie par une masse jaunâtre lobulaire et tapissée d'une membrane très-mince et vasculeuse (2). Après un examen ultérieur, cette graisse pa-
raissait n'être que la glande innominée agrandie et d'une texture relachée.

La cavité cotyloïde elle même était changée, ayant presque acquis la forme
d'un triangle. Sur son bord postérieur était disposée une croûte cartilagineuse large
et fort tendre, sur laquelle était placée la tête du fémur expulsée (3).

Après avoir tourné en dehors cette tête, l'on remarqua, comme une chose
curieuse, qu'il n'était resté du ligament rond, que les fibres, qui ont rapport
avec sa fossette (4); quant à ceux, qui vont ordinairement de la cavité [cotyloïde
à la tête du fémur, on n'en trouvait plus aucune trace.

La cause de cette perte peut être expliquée facilement, en examinant le rapport entre la nouvelle surface articulaire et la tête du fémur. Car après son déplacement, la tête a dû continuellement comprimer et meurtrir le ligament rond
entre sa surface et celle du nouveau cartilage, d'où enfin il est résulté un anéantissement complet de ses fibres, laissant seulement cette bande, qui est insérée
dans la fossette de la tête du fémur (5). Il n'est pas douteux, que cette bande
se serait de même tout-à-fait anéantie, après le rapport rompu des vaisseaux, qui
pénètrent, de la cavité cotyloïde, dans les fibres du ligament rond.

Comme les têtes de fémurs, expulsées en tout ou en partie, perdent leur
forme primitive, de même on voit aussi déjà dans notre cas les traces de cet anéan-

an-

(1) Pl. IV.
(2) Pl. IV, *a.*
(3) Pl. IV, *bb.*
(4) Pl. IV, *c.*
(5) Pl. IV, *d.*

D 2

antissement. La tête du fémur a dû s'adapter à la place, vers laquelle elle s'est tournée sur le bord de la cavité. La forme convexe est devenue en cet endroit plus aplatie; la tête elle-même ressemble presque à un cône tronqué, dont le sommet se trouve près de l'insertion du ligament rond (1).

Toute personne, qui a l'habitude d'observer la nature dans ses anomalies, ne sera pas étonnée, que, par ce déplacement de l'articulation de la cuisse, le bassin ait commencé de même à dévier de sa forme normale; que néanmoins ces anomalies dans un si léger dégré de luxation soient moindres, que dans une luxation complète, soit congénitale, soit acquise; cette circonstance peut facilement être déduite de la condition différente des parties, jouant un rôle dans ces divers vices des articulations.

Ayant acquis, par une circonstance heureuse, la connaissance complète de ce vice de l'articulation fémorale, j'ai voulu savoir au juste ce qu'on avait observé dans les premiers temps de la vie de cet enfant. Les résultats de cette recherche furent, que la jeune fille boitait dès les premiers temps, qu'elle a été scrophuleuse et débile dès sa naissance, mais qu'elle a surtout été affectée de la poitrine, depuis que, il y a deux ans, elle a été malade de la grippe, qui a été suivie d'une phthisie pulmonaire complète, dont elle est morte tout récemment.

Il n'est pas facile de décider, si dans ce cas-ci un gonflement de la glande innominée a déjà été présent avant la naissance, ou s'il n'a commencé qu'après. Le cas cependant appartient, sans aucun doute, à ceux, que PALLETTA rangeait autrefois sous la *claudicatio congenita*.

Comme dans l'enfance on voit souvent naître la marche boiteuse, sans que l'on puisse admettre comme cause une violence extérieure, je pense que de pareils cas naissent souvent du gonflement de la glande innominée.

PALLETTA a démontré amplement, que d'autres vices congénitaux de l'articulation fémorale, que la déviation entière ou partielle des têtes de fémurs, peuvent occasioner la marche boiteuse, et ceci paraît l'avoir occupé autrefois exclusivement. On peut comparer ce que DYLIUS a noté dans sa thèse déjà mentionnée, ou consulter ce que PALLETTA en a écrit dans ses ouvrages.

(1) Pl. IV, *d*.

EX-

EXPLICATION DES FIGURES.

Planche I.

Le bassin d'une femme très-âgée, boiteuse du côté gauche après une luxation de la tête du fémur.

a.   La tête du fémur gauche, dépouillée de son cartilage, inégale et plate.

b.   Son col raccourci avec une profonde rainure.

c.   Une cavité inégale et superficielle, servant à remplacer la cavité cotyloïde.

d. e.   Les deux crêtes des os iliaques, où la position plus élevée de la hanche gauche est évidente.

f.   L'inclinaison de la colonne vertébrale vers le côté droit du corps.

g.   La cavité cotyloïde fermée triangulairement.

h. i.   Le côté postérieur de ce triangle.

k.   Bande fibreuse épargnée de la membrane capsulaire de l'articulation.

l.   Bord intérieur arrondi de la partie inférieure de l'os iliaque gauche.

m.   Bord antérieur-inférieur de l'os iliaque gauche.

n.   Profonde rainure, au-long de laquelle les fibres du muscle iliaque interne, en commun avec le grand psoas, sont allés vers le petit trochanter.

o. p.   Tubérosité ischiatique et branche adscendante de l'ischion amincies et tournées en dehors.

q.   Trou ovalaire oblong et rond, fermé pour la plus grande partie par une membrane.

Planche II.

Fig. 1. L'os iliaque gauche.

c.   La cavité inégale et superficielle, pour recevoir la tête du fémur dégénérée.

d.   La crête de l'os iliaque devenue presque droite.

g.   La cavité articulaire triangulaire et inégale.

h. i. k. Ses bords.

m.   Le bord antérieur-inférieur de la crête de l'os iliaque faiblement courbé.

n.   La rainure profonde, servant de passage aux fibres musculaires vers le petit trochanter du fémur.

Fig. 2.

a.   La surface inégale de la tête du fémur dégénérée.

b. b. Le petit trochanter, divisé en deux tubercules.

c. Le grand trochanter.

Planche III.

Le bassin d'une jeune fille de seize ans environ, ayant une luxation congénitale de la cuisse des deux côtés.

a. a. Les deux têtes des fémurs, couvertes de leur membrane capsulaire.

b. b. Fibres ligamentaires au bord supérieur de la cavité cotyloïde et passant de là par dessus les têtes des fémurs.

c. c. Crêtes des os iliaques.

d. d. Anneaux cartilagineux des cavités cotyloïdes, rétrécies en forme de triangles.

e. e. Bandes fibro-cartilagineuses, servant au perfectionnement du bord des cavités cotyloïdes.

f. f. Bords intérieurs élevés des cavités cotyloïdes.

*. *. Des fossettes inégales profondes dans la partie antérieure des cavités cotyloïdes.

g. h. i. g. h. i. Les deux trous ovalaires anormaux.

k. k. Eminences sur les branches horizontales des os pubis, à l'endroit de leur jonction avec les os iliaques.

l. l. Rainures profondes, le long desquelles le muscle iliaque interne et le grand psoas sont mus, à leur passage au petit trochanter.

m. m. n. n. Tubérosités ischiatiques et branches adscendantes de l'ischion fortement tournées en dehors.

o. o. Arcade pubienne largement ouverte.

p. p. Tubercules élevés sur les branches horizontales du pubis, servant à l'insertion des muscles abdominaux droits.

Planche IV.

Bassin d'une jeune fille, ayant atteint l'âge de huit ans, dans lequel la tête du fémur droit était chassée de sa cavité articulaire par un developpement anormal de la glande innominée.

a. La glande innominée agrandie, divisée en lobules.

b. b. Le bord postérieur de la cavité cotyloïde rétrécie, élargi et couvert de cartilage.

c. Les fibres du ligament rond, presque tout-à-fait anéanti, conservées sur la tête du fémur.

d. Sommet de la tête du fémur, ayant acquis la forme d'un cône.

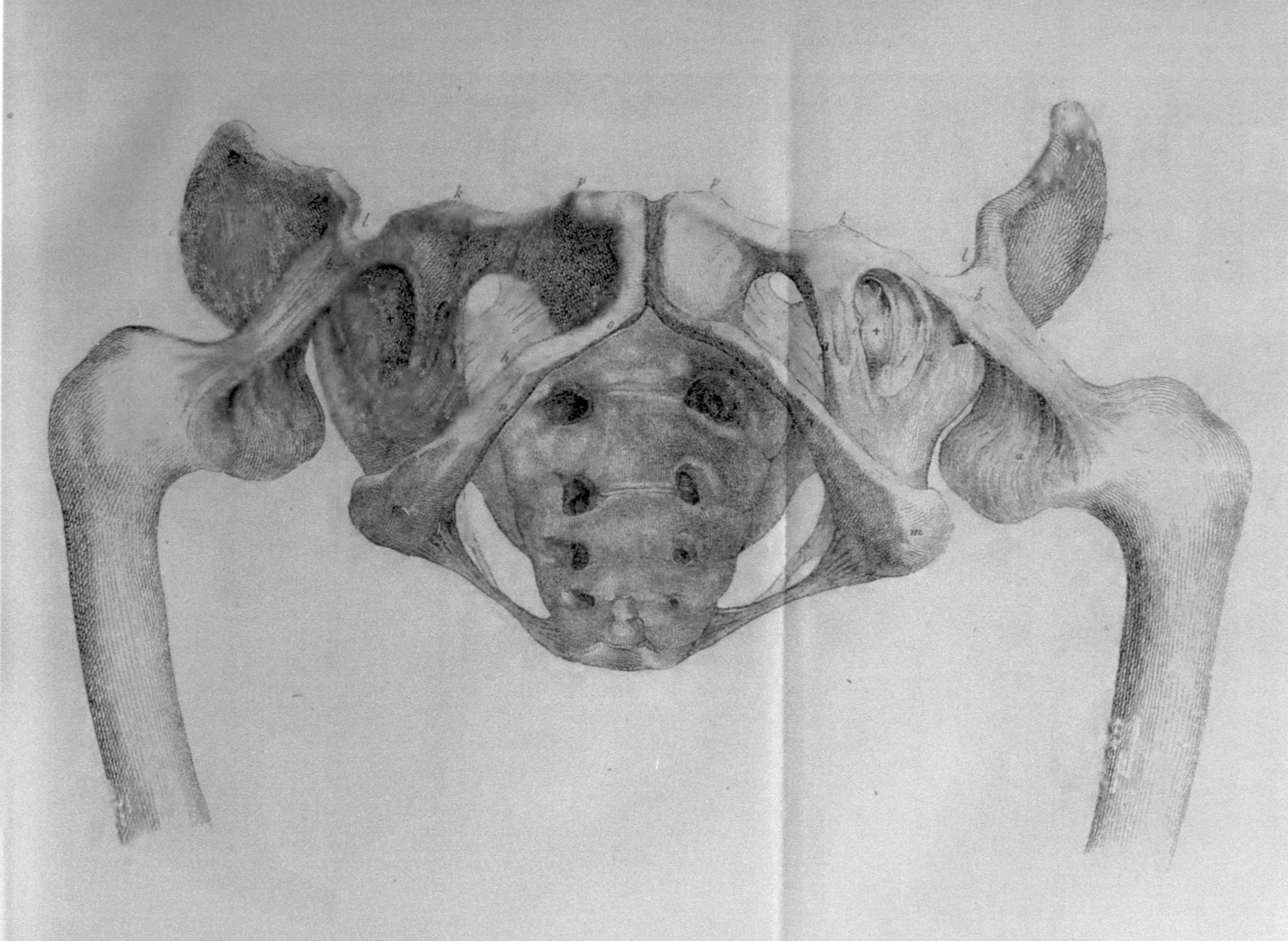

Pl. III.

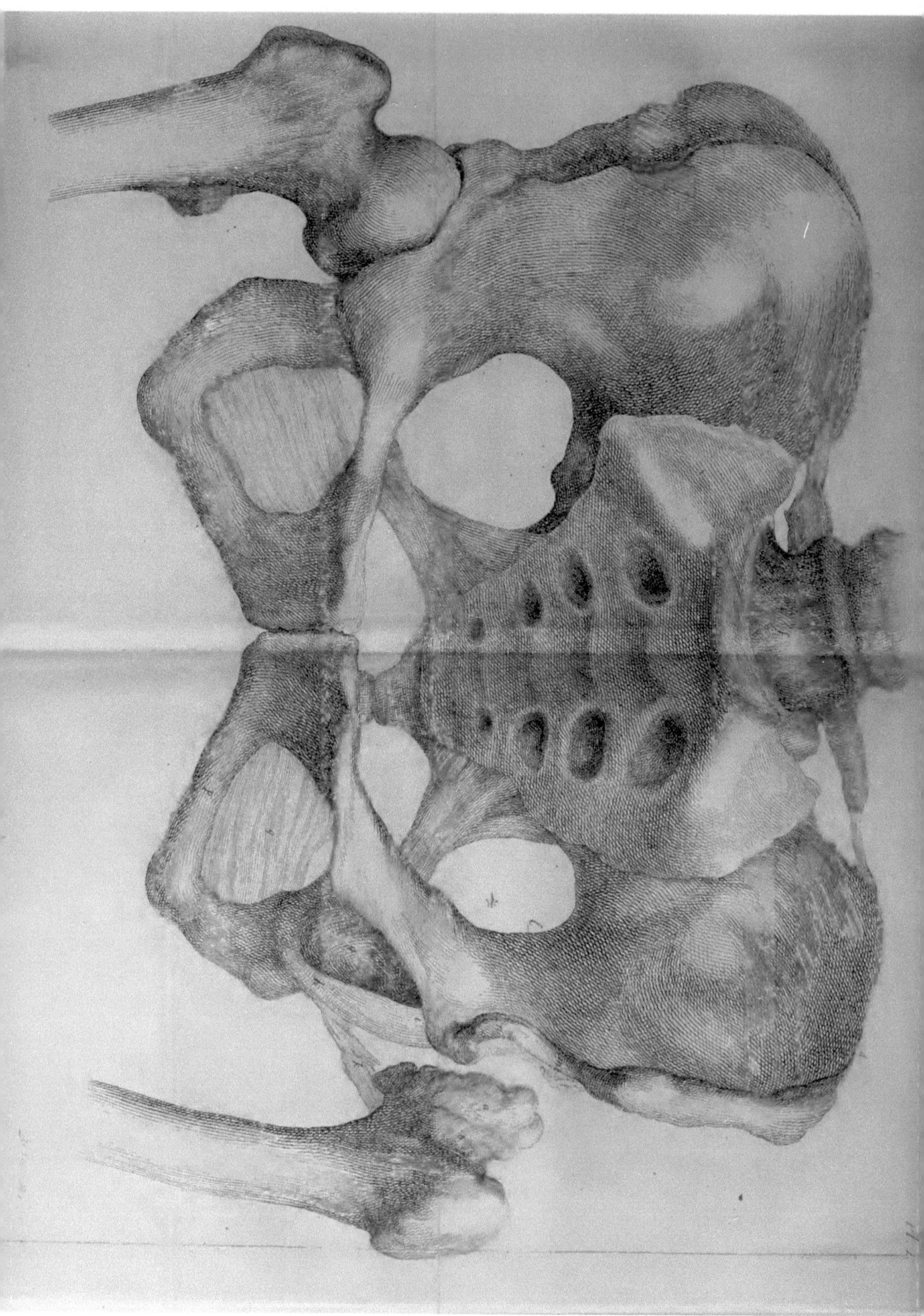

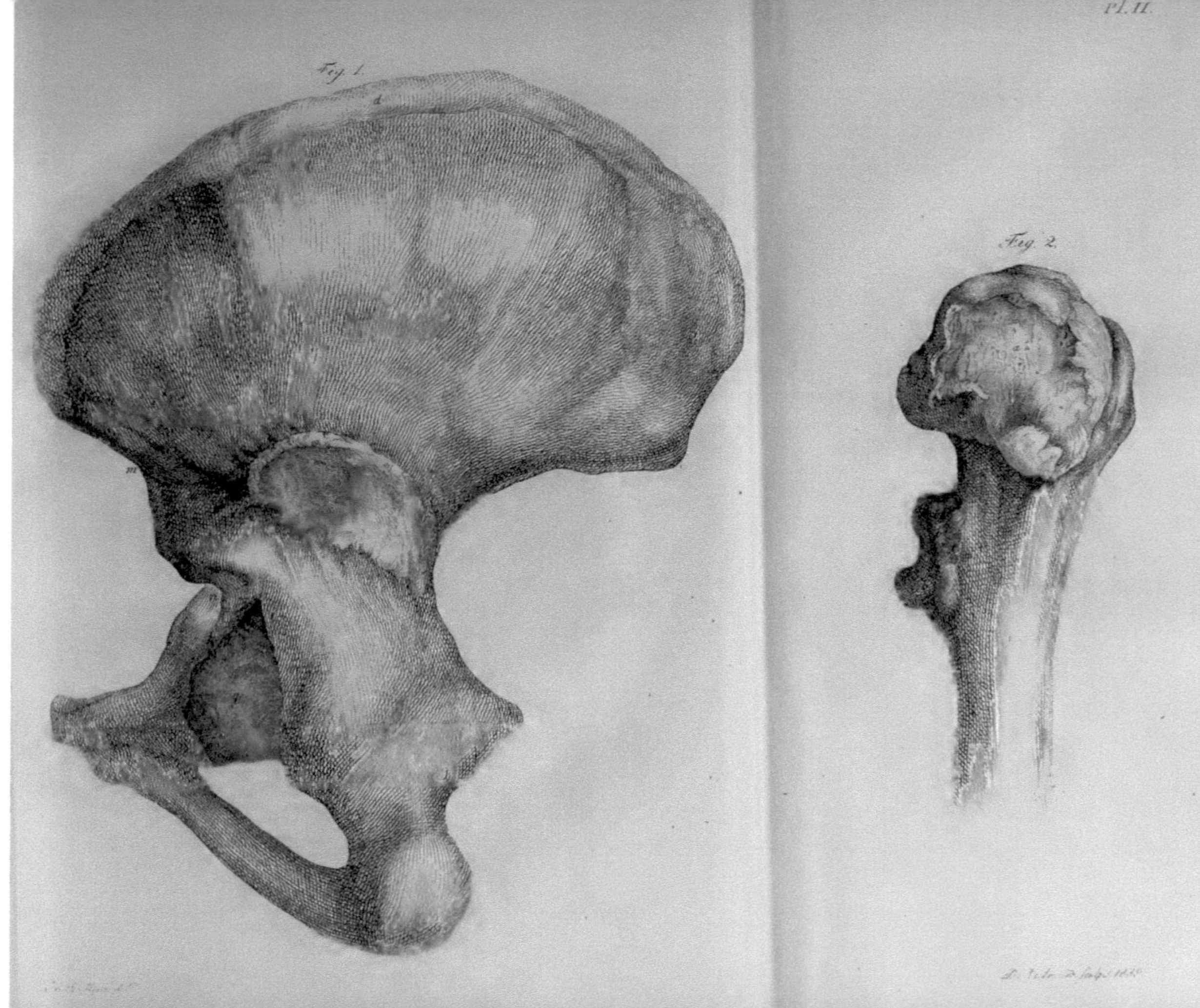
Pl. II.
Fig. 1.
Fig. 2.